CUENTO
DE LUZ

Para Silvia Flórez, que siembra luz por los más recónditos

senderos, y consigue, con la fuerza de su corazón, que

florezcan las violetas más necesitadas.

A los que dejan sus huellas, extienden sus manos y luchan

por un mundo mejor, en lugares de África donde los niños

sueñan con recuperar su sonrisa.

— Ana Eulate

 **Vipeika**
Fundación

La autora cede los ingresos
de su obra a la Fundación Vipeika.
www.fundacionvipeika.org

¡Bonita es la vida!

© 2012 del texto: Ana Eulate
© 2012 de las ilustraciones: Nívola Uyá
© 2012 Cuento de Luz SL
　Calle Claveles 10 | Urb Monteclaro | Pozuelo de Alarcón | 28223 Madrid | España
　www.cuentodeluz.com
　ISBN: 978-84-15619-25-3
　Impreso en PRC por Shanghai Chenxi Printing Co., Ltd., agosto 2012, tirada número 1300-04

FSC

www.fsc.org
MIXTO
Papel procedente de
fuentes responsables
FSC® C007923

¡BONITA ES LA VIDA!

Ana Eulate • Nívola Uyá

Hay tanto que aprender, tanto por descubrir, tantos sueños por realizar...

¿Saben que existe para cada persona una jirafa con alas,
dispuesta a hacerles explorar su país, su continente,
su universo…pero sobre todo su corazón?

¿Lo sabían? ¿Lo intuían? ¿Se lo imaginaban?

¿Noooooo?

Pues escuchen atentamente lo que le ocurrió un día a una niña de
enormes ojos en un lugar remoto en África.

«¿Existen las jirafas con alas?», pensó Violeta.

En realidad ella sí que había visto una! ¡Sí!
¡Incluso había viajado subida sobre su lomo!
A ver, a ver, sí, su amiga del alma. Cerró lo ojos para recordar.

Vivía en un pequeño poblado en Kenia, frontera con Uganda.
No había muchas cosas alrededor; bueno, lo habitual: solo algunas cabras,
gente con la piel como la suya, color chocolate oscuro, falta de comida…

y ¡ella! ¡Esa jirafa con alas!

Apareció una calurosa noche en la que a Violeta
le dolía el estómago a causa del hambre.

La jirafa de ojos grandes llegó inesperadamente,
se posó a su lado y con mucha delicadeza,
abanicándola con sus largas pestañas,
le susurró al oído:

—Súbete a mi lomo, te llevaré de viaje.

—Pero… pero no puedo marcharme.
Mi familia vive aquí.

—Volveremos enseguida —le dijo su nueva amiga de
cuello interminable—. Confía en mí.

Empezaba ya a amanecer.

Alzaron el vuelo y sobrevolaron el poblado de la niña,
que se fue transformando en un punto minúsculo,
chiquitito, como la cabeza de una hormiga.

—¡Qué diminuto se ve todo! —exclamó

Violeta, que únicamente conocía lo que existía a algunas horas a pie de donde vivía, observaba todo con gran emoción.

Ahora es cuando realmente comenzaría a descubrir su tierra:

África.

El suave viento rizaba aún más su pelo.

Elefantes que bebían y chapoteaban en el agua, asombrados,
se las quedaron mirando cuando las vieron deslizarse
sobre la inmensa laguna.

–¿Tienes sed? –preguntó la jirafa a Violeta–. Bebamos un poco de agua.

No solo bebieron si no que se animaron a darse un baño y hasta el animal de larguísimas patas desayunó unas deliciosas hojas de acacia. El calor era sofocante.

Los flamencos agitaron repetidamente sus alas en señal de bienvenida.
Un león que dormitaba no muy lejos, bajo la copa de un gran árbol, se despertó de repente con la ráfaga de aire que produjo tanto saludo, y volvió a cerrar los ojos invadido de nuevo por el sueño.

Volaron sobre la naturaleza salvaje, las sabanas herbáceas,
los montes, ríos, lagos y cascadas.
Observaron desde el cielo la selva tropical
y hasta bosques de bambú y brezos.

—¡Qué bonito es mi país! ¡Qué naturaleza hermosa!
—comentó feliz Violeta.

—Así es —asintió la jirafa— pero ¿sabes que existen también lugares donde el arcoiris a veces se destiñe al ver que los niños pierden su sonrisa?

Violeta se quedó muy pensativa. El comentario de su amiga la entristeció y mucho.

—Lo sé. Pero… ¿qué podemos hacer? —preguntó.

—A mí se me ocurre una idea —dijo la jirafa pestañeando— Pedir a la gente de otros países cercanos y lejanos que tienen más medios, que se solidaricen.

—Pero ¿cómo podrían hacerlo? ¿Cómo podrían ayudar? —inquirió la niña.

—Colaborando, trabajando juntos, compartiendo sus momentos alegres

y **semillas de amor**, siendo generosos. Y luego ¿sabes cuál es mi otra idea, la más mágica de todas?

—No, ¡cuéntame! ¡Estoy impaciente por saberlo!

—Hacer muuuuuuuchas cosquillas. Muchísimas. A todos los niños de todos los poblados, de todos los lugares, de toda África.
Incluso a los mayores.

¡Sí! Millones, billones y trillones de cosquillas a los adultos e incluso a los animales. ¿Sabías que las cabras se parten de la risa cuando se las haces? En tu poblado he visto algunas.
Que en todas partes no paren de reír, que se desternillen de la risa.

A ver, Violeta, ríete. Te haré cosquillas con mis pestañas.
Flis flus, flis flus, quiero que te rías con muchas ganas.

La niña soltó una carcajada tan pura y cristalina que la jirafa alada no pudo más que emocionarse hasta las lágrimas.

Esa risa de esta niña resonó por el espacio y se convirtió en millones de diminutas perlas de agua que fueron cayendo por todo el continente africano en una explosión de color.
Un enorme arcoiris se formó entonces y cruzó África,
de norte a sur y de este a oeste.

Todo se irrigó, se volvió más verde, se llenó de luz, se colmó de vida.

Y entonces pudieron ver, desde el cielo, algo extraordinario, el **alma** de las personas. ¡Nunca antes Violeta lo había visto!
Porque a veces hay que despegar y despegarse, tomar distancia para ver lo más profundo del ser humano.

Al regresar poco después a su poblado y antes de despedirse, la jirafa, esa tierna amiga con alas, le contó a Violeta un secreto:

—Sabes, niña de ojos grandes, todo el mundo, **tooodos** sin excepción, niños y mayores, de cualquier raza existente en el planeta, de cualquier lugar en el mundo, tienen una jirafa con alas que les protege. Quiero que lo recuerdes siempre y lo lleves en tu corazón. Es solo pensar con mucha fuerza en esa amiga aliada y alada, la que cada uno posee, pedirle ayuda y ella acudirá, no lo olvides, para llevarles de viaje en su lomo.

Un viaje que les hará explorar su país, su continente, su universo... pero sobre todo su corazón.

—Nos veremos muy pronto otra vez, recuerda —comentó pestañeando la jirafa más maravillosa que Violeta había nunca conocido—. Mi oído es muy fino y mi vista alcanza una distancia increíble.
Te oiré y observaré por muy lejos que nos encontremos.

La cara de la niña resplandeció de alegría.

—¿Y... sabes una cosa? —añadió balanceando su interminable cuello—.
Eres muy bonita cuando sonríes.

A lo que la niña, abriendo sus enormes ojos y llenando su boca
con la más luminosa de las sonrisas, respondió:

—¿Bonita? **¡Bonita es la vida!**